Red

사랑의 속임수

격렬하고 혼란스러운

사랑처럼 엄청난 희망과 기대 속에서 시작되었다가
반드시 실패로 끝나고 마는 활동이나 사업은
찾아보기 어려울 것이다.

– 에리히 프롬, 『사랑의 기술』 중에서

1.

우리는 사랑의 속임수 안에서
허덕일 수밖에 없어
죽을 때까지
끝나지 않을 게임

Red

결국 서로 속고 속이는 거야

2.

사랑을 놓으니 사랑이 왔다

Red

너를 사랑하지 않는 방식으로

사랑하기로 했다

3.

지금 나를 가장 괴롭히는 문제가
고작 사랑이라니

얼마나 다행인가

Red

사소한 일로 인해 힘들어하는 사람은

사실은 다른 모든 일이

순조롭게 진행되고 있기 때문이다

힘들어하는 일이 사소할수록 행복한 사람이다

- 쇼펜하우어

4.

마치 한 편의 영화를 만들듯
작가, 감독, 배우가 되어
이 작품을 완성시켜나간다

사랑이라는 작품을

Red

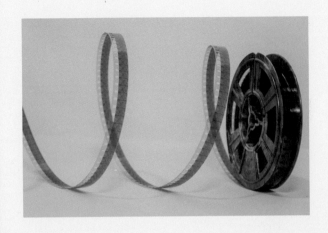

다음번엔 어떤 작품을 만들어볼까?

5.

나는 오로지 이 게임에서
이기는 것이 중요합니다

이별을 말하는 쪽은
언제나 나여야만 합니다

상대방의 마음이
나에게서 떠났다는 생각이 들었다면

더 이상 시간을
끌어서는 안 됩니다

이별을 말하는 쪽이
내가 아니라
상대방이 될 수도 있기 때문이죠

Red

혹여나 그 마음을 되돌리려
애를 써도 안 됩니다

아쉬워하거나
미련을 두어서도 안 됩니다

사랑의 게임에서 승자는
언제나 나여야만 하니까요

6.

비겁함과 현명함의 공존

Red

끝내 너를 놓아 버린 건

비겁하기도 했고 현명하기도 했다

7.

사랑 안에서 합리와 논리를 찾는다는 것 자체가

비합리적이고 비논리적이다

Red

네가 날 사랑한 이유, 네가 나를 떠난 이유

이 모든 걸 논리적으로 설명할 수 있을까?

8.

지키지도 못할 거면서

왜 영원을 약속했을까?

이런 거지같은 게 사랑의 속성인가

Red

이 가벼운 마음

언제라도 변할 수 있는

아무것도 아닌 마음들…

9.

나는 너에게,

상처 줄 수 있는 권한까지 주고 말았다

사랑만 주었으면 좋았을 텐데

Red

10.

이제 그만하자는 말

스스로에게 하는 일종의 다짐이었는지도…

그 말을 내뱉기 전의 마음

그 말이 내뱉어질 때의 마음

그리고 그 말을 내뱉은 후의 마음

모두 같은 마음이었을까?

Red

내 입에서 나온 말들이 다 진심이었던가?

11.

이별 후 흘리는 눈물의 총량이 있을까?

얼마나 울어야

이 아픔이 모두 씻겨 내려갈까?

오늘 다 울어버리면…

Red

내일이면 정말 괜찮아지는 걸까?

이별도 사랑이라면…

가질 수 없이 모두 지나가버린

너와의 시간들

덧없는 사랑 영원할 수 없는 걸

어차피 잊혀질 추억

아픈 기억도 어떤 미련도

이젠 다 지워질 기억인데

그래 이제 서로 잊혀지는 건

남겨진 우리의 운명

내 생에 처음 받았던 사랑

이 세상 날 지켜준 유일한 너란 걸

Red

꿈에서라도 볼 수 있다면

마지막 못다 한 말 전할 텐데

슬픈 사랑 이젠 널 놓아줄래

이별도 사랑이라면

정규 1집 〈Shine On Me〉
작사, 작곡 민채

12.

우리가 헤어진 이유?

널 사랑하지 않았거나
날 사랑하지 않는다고 믿었거나

Red

13.

아무리 사람들 앞에서 떠들어봐야 소용없어
그래봐야 홀로 남았을 때 진실을 마주하는 건
너 자신일 테니

Red

오늘도 술자리에서 우리 이야기를 해

어느 정도의 거짓과

어느 정도의 진실을 섞어가며…

14.

어떤 마음이었는지 절대 알 수 없기를

그 어떤 소식도 듣지 않고 살아가기를

내 기억에서 영원히 사라지기를

Red

15.

어떻게 해야 그를 더 아프게 할 수 있을지 고민했다

부디 나보다 더 아파하기를…

Red

그로 인해 누가 더 아플지

전혀 예상하지 못한 채

16.

나는 당신을 죽을 때까지

사랑할 자신이 없어서

죽을 때까지 미워하기로 했다

Red

마음이

마음이 마음속에서

너를 잊으라 널 놓아주라 하고

그 약속이 그 소원이

더 이상 의미조차 없는데

너의 진심을 느낄 수 있다면

당당히 내 맘 보일 수 있을 텐데

마음속에서 널 놓지 못하고

이해할 수도 없는 걸 알기에

Red

싱글 앨범 〈마음이〉
작사, 작곡 민채

17.

우린 사랑이었을까?

한동안 서로의 눈을 들여다보던
그 순간에는 그랬을 것이다

숨이 막힐 듯한 키스를 나누던
그 순간에도 그랬을 것이다

그리고,

너를 그리고 있는
이 순간에도 그럴 것이다

우리의 사랑은 끝이 났지만
나의 사랑은 아직 끝나지 않았다

Red

오늘도 네가 보고 싶어서 거울을 본다

18.

사랑을 사랑하는 여자
항상 누군가를 그리워하는 여자

'상상 속의 세상이
더 안전할지 몰라
적어도 그 안에서는
아프지 않을 테니까'

Red

두려웠어 내 사랑이 안전하지 못할까 봐

19.

나는…
사랑에 빠지지 않기로 결심했다

내 안에 다른 누군가가
가득 차 있는 게 겁이 났다

그가 내 눈앞에서 사라진다면
나도 함께 사라져버릴 것만 같았고

나를 잃어버리면
다시는 찾을 수 없을 것만 같은 기분

그래서 결심했다
다시는 사랑에 빠지지 않겠다고

Red

나를 지키려면

그 방법밖에 없다고 믿었다

그리고, 마침내 나는 성공했다

나를 지켜내는 대가로

사랑에 빠지지 않을 수 있었다

그렇게 영영

사랑을 할 수 없게 되었다

White

궁하한

틀어짐

사랑은 뭘까?

어떤 것을 잃게 되거든,

그것을 잃었다고 생각하지 말고,

원래 있던 곳으로 되돌아갔다고 생각하라.

-에픽테토스

20.

네가 아프길 바라는 게 사랑일까?

네가 아프지 않길 바라는 게 사랑일까?

White

21.

사랑이 뭘까?

이 질문을 할 때는
언제나 만취 상태였다

그러니 질문한 기억만 있을 뿐
그에 대한 대답은 기억나질 않는다

그놈의 사랑 타령에 이골이 난 지인들도
모두 아는 사실이다

스스로가 납득할 만한
사랑의 정의를 찾을 때까지…

이 질문을 멈출 수가 없다

White

정말 알고 싶은 걸까?

아니면 그냥 모르는 채로 살고 싶은 걸까?

22.

그대를 사랑할까요?

아니면 바람에 흩어지도록

그냥 놓아버릴까요?

White

"우리 무슨 사이야?"

"글쎄… 바람 불면 어디로든 갈 수 있는 사이?"

23.

너에게 꼭 한 가지 묻고 싶은 게 있었어

하지만 마음속에 그냥 남겨두기로 했어

White

어쩌면 진실을 마주할 자신이 없었는지도…

24.

내 마음인데도
내가 알아차릴 수가 없다

시간당 분당이 아니라
초당 바뀌는 이 마음을
무슨 수로 포착할 수 있을까?

순간을 포착한다고 한들
과연 의미가 있을까?

어차피 또 바뀌고 말 텐데

White

내 마음의 파도가 멈출 수 있을까?

진짜 마음

오늘의 태양은 어제와 같은 것일까

오늘의 바다는 어제와 같은 것일까

내가 보는 이 세상 모두 그대로일까

오늘의 내 모습은 어떨까

내일의 하늘은 오늘과 다르겠지

내일의 바람은 오늘과 다르겠지

하루하루 이 세상 모두 변해가겠지

어제와 다른 내 마음처럼

난 dalatatata 진짜 마음을

dalatatata 누가 알 수 있을까

어제와 다른 나의 마음을

난 네가 없어도 괜찮을 것 같아

White

네가 없으면 난 안 될 것 같아

어제와 다른 나의 마음을

너에 대한 미움도 언젠간 사라질까

너와의 사랑도 언젠간 사라질까

하루하루 이 마음 모두 지우고 나면

무엇이 내 마음을 채울까

미니 앨범 〈아무렇지도 않던 날〉
작사, 작곡 민채

25.

너의 머릿속을 들여다보지 않는 편이 나을지도 몰라

지금 내 머릿속도 이렇게나 뒤죽박죽이니 말이야

White

26.

너를 사랑한 것도

결국 나를 찾기 위함이라니

White

이렇게나
이기적인 인간이었다니

27.

그리움은 나의 원동력

White

photo by yu

photo by yu

28.

너와 사랑을 시작하기 전에는

오직 너의 마음을 얻는 것

하나뿐이었는데

이제는 서운함만 쌓여가

White

내 마음이 커지는 만큼

네 마음도 커지기를 바라서일까?

29.

우리 이대로 아무것도 하지 말고

아무 사이도 아닌 채로 살자

그러다가 천천히 잊혀지면 돼

White

너를 잊고, 너를 사랑했던 나도 잊으면

우리가 몰랐던 그때로 돌아갈 수 있을까?

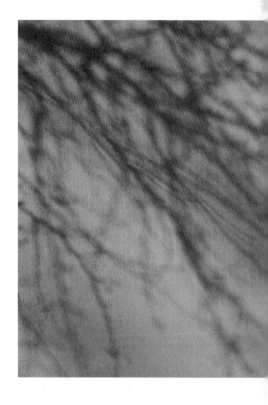

30.

너와 나의 이 알 수 없는 감정들도
시간이 모두 말해주리라

너와 나의 이 알 수 없는 상황들도
시간이 모두 말해주리라

White

시간이 흐른 뒤

우린 어떤 모습일까?

아무렇지도 않던 날

난 걷고 있었어 화창한 오후

아무렇지도 않던 날

그래 그랬던 거야

너를 보기 전 그 순간까지는

그대로 멈춰져 있던

나의 그리움들이 한 순간 쏟아져

바람에 흩어져 있던

추억의 조각들이 하나 둘 내게 다가와

넌 냉정했었어 화창한 오후

아무렇지도 않던 날

White

그래 그랬던 거야

날 안아주는 게 버거웠으니까

그대로 멈춰져 있던

나의 그리움들이 한 순간 쏟아져

바람에 흩어져 있던

추억의 조각들이 하나 둘 내게 다가와

미니 앨범 〈아무렇지도 않던 날〉
작사, 작곡 민채

31.

언제

어떻게

얼마나 머물러야

진짜라는 말인가

White

"그렇게 잠깐 왔다간 게 무슨 사랑이야?"

"일주일이면 시들어버리는 꽃은

비온 뒤 뜨는 무지개는

바다 위의 윤슬은

어떻게 설명할 거야

그건 진짜가 아닌 거야?"

32.

너는 너대로 나는 나대로
이 문제에 대한 답을 내리겠지

무엇이 진실에 가까운지는
누구도 알 수 없겠지만 말이야

White

과연 진실이 있기는 한 걸까?

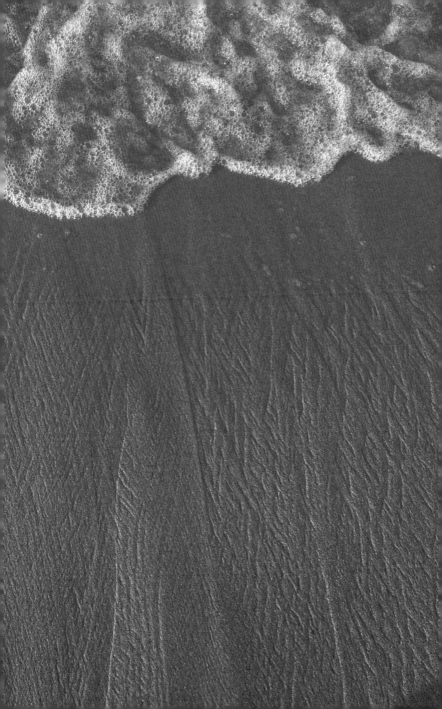

33.

왜 그 시간을 빠져나온 후에야

어렴풋이 알 수 있는 걸까?

White

34.

이젠 당신이 궁금하지 않아요
어느 순간 그렇게 되었죠

새로운 사랑을 시작했는지
아직 나를 그리워하는지

더 이상 관심거리가 아니죠

해가 지고 어둠이 찾아오듯
하늘 위의 구름이 흩어지듯
그냥 그렇게 되어버렸어요
이제는 울지 않아요

찬바람이 불다 어느 순간 멈추듯
비 오는 하늘이 어느 순간 개듯
그냥 그렇게 되어버렸어요
이제는 괜찮아요

White

비 오는 하늘이 계속될 것 같지만

어느새 펼쳐진 무지개를 볼 거야

– 민채, 노래 <무지개> 중에서

35.

러닝머신 위에 오른다
아무리 달려도 네 모습이 지워지질 않는다

너를 잃어서 슬픈 건지
내 사랑을 잃어서 슬픈 건지 모르겠다
그저 하염없이 눈물만 흘렸다

그렇게 한참을 달리다 보니
문득, 소설 속 여주인공이 된 것 같다는 생각이 들었다
그러자 그동안의 슬픔이
그렇게 슬프게 느껴지지 않았다

오히려 달콤하게 느껴졌다

속도를 낮춰 천천히 걷는다
어느새 눈물은 멈춰 있었고

White

알 수 없는 개운함이 찾아왔다

입가에 미소가 번졌다

'달콤한 슬픔을 만끽해볼까?'

_____

_____

_____

White

36.

화가 나서 손발이 떨리고 있었어
내가 할 수 있는 거라곤
무작정 책을 집어드는 것밖에 없었지
아무 곳이나 펼쳐서 닥치는 대로 읽었어

.

.

.

화가 완전히 사라져
더 이상 아무것도 남지 않게 되기까지는
3분도 채 걸리지 않았어

White

그 정도로 아무것도 아니었을까?

37.

점점 현명해지는 걸까?

점점 어리석어지는 걸까?

White

나를 찾으려다가

오히려 나를 잃게 되는 건 아닐까?

38.

아무리 친숙한 단어라도
그 단어를 입안에서 여러 번 굴려보면
낯선 느낌이 들 때가 있다

내가 잘 알고 있다고 생각한 사람이라도
그 사람을 가만히 들여다보면
낯선 사람 같다는 느낌을 받는 것처럼

White

우리의 이별을 예감했던 게 그때였을까?

너에게서 못 보던 표정을 보았을 때

39.

난 모호한 말들이 좋아

White

어쩌면 진실에 더 가깝지 않을까?

40.

사랑에 대하여
알 수 없는 것들에 대하여

답을 내릴 수도 없고
그렇다고,
생각을 멈출 수도 없다

White

오로지 가장 유치한 질문만이

진정 심각한 질문이다

그것은 대답 없는 질문이다

– 밀란 쿤데라,

『참을 수 없는 존재의 가벼움』 중에서

41.

가장 쓸모없다고 생각한 것을
어느 순간 가장 중요하게 여기거나
가장 중요하다고 생각한 것을
어느 순간 가장 쓸모없게 여겨버리는

나는 도대체 어떤 인간일까?

White

가을하늘 아래 우리는

잠 못 이루는 이 밤

난 무얼 찾고 있을까

아무도 나에게 말해주지 않아

이제 나는 무얼 해야 하는지

what can I do what can I do

what can I do what can I do

가을하늘 아래 우리는

살아가는 이유를

언제쯤 알 수 있을까

누구도 나에게 말해줄 순 없어

이제 난 어디로 가야 하는지

what can I do what can I do

White

what can I do what can I do

가을하늘 아래 우리는

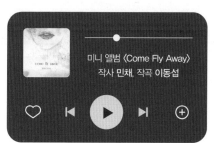

미니 앨범 〈Come Fly Away〉
작사 민채, 작곡 이동섭

Blue

다시 시작할 수 있을까?

미지의 세계

열려 있는

내가 세상에 주어야 할 선물은 무엇일까?
나는 어떤 삶을 살아야 하는 걸까?

−메리 올리버, 『완벽한 날들』 중에서

42.

내가 보는 것이 진실과 얼마나 가까울까?

과연 알 수 있을까?

어차피 알 수 없는 거라면

그냥 내가 믿고 싶은 걸 믿을래

Blue

43.

새벽 2시

남자와 여자는 공원 벤치에 앉아 있다

여자가 물었다
"몇 퍼센트 취했어?"

남자가 대답했다
"한 75퍼센트 정도… 너는?"

"나는 70퍼센트"

그 누구도 진실을 말하지 않는다
100퍼센트라고 말하는 순간
각자의 집으로 돌아가야 하기 때문이다

Blue

그렇게 아무도 없는 공원에서
한동안 이야기를 나눴다

저 멀리 있는 별들에 적힌

우리 소원이 같다고 나는 믿고 싶어

– 민채, 노래 <새벽> 중에서

44.

나 자신과 끊임없는 대화를 나눠
물음과 답을 계속 하다 보면
진짜 내가 보이거든

단단히 꼬여 있던 그 매듭은
조금씩 풀어지게 될 거야
진짜 마음이 무엇인지 알면
조금은 편해질 거야

Blue

45.

끊어진 인연에 감사하길

오히려 좋아

46.

모든 것이 무너졌다고 생각하지

그때가 기회야

새로운 모양으로 다시 만들 수 있는 기회

Blue

47.

이별 후 슬픈 에너지를
나를 발전시키는 에너지로 바꾸자

Blue

에너지 전환

photo by yu」

48.

지금 나의 선택으로 인해서
미래에 행복할지 그렇지 않을지
고민하지 말자

미래의 행복 또한
그때의 내 선택이니까

Blue

둘 다 살아볼 수 없기에

뭐가 더 좋은 선택이라고 할 수 없겠지

내가 갈 수 있는 길 중에서

최고의 길로만 가고 있다고 믿을 거야

49.

세상은 아름다워

.

.

세상은 쓰레기야

.

.

세상은 아름다워

.

.

세상은 쓰레기야

.

.

.

.

역시 세상은 아름다워!

Blue

어떤 결론을 내릴까?

50.

우리 어느 따스한 날에
햇살 좋은 날에 만나게 되면

너무 늦어서 미안하다는 말
하지 않기로 해

오랜 시간을 멀리 돌아왔지만
내 안에 그댄 항상 있었으니

우리 서로 미안해하지 않기로 해

Blue

4월 30일

잇을 수 없어요 어느 따스한 오후

그대 내 맘에 들어온 순간

아무도 모르죠 소중하게 간직한

이런 내 마음 얘기하고파

햇살이 내려온 은빛 물결처럼

아름다운 그대 미소만으로도 난 행복하죠

잇을 수 없어요 어느 따스한 오후

그대 내 맘에 들어온 순간

Blue

정규1집 〈Shine On Me〉
작사, 작곡 민채

51.

내가 너를 그리워하는 방식은
내 주위를 너로 가득 채우는 거야

너와 함께 불렀던 노래를 하고
너와 함께 걸었던 길을 걷고
너와 함께 먹었던 닭발을 먹는 것

Blue

오늘도 네가 보고 싶어서

닭발을 먹는다

52.

나의 하루를 어떻게 채울 것인가에 대한 고민들
나를 둘러싼 모든 것들을 바라보는
나의 마음가짐에 대한 이야기들

Blue

53.

더 이상 아프지 않겠다는 건
누구도 사랑하지 않겠다는 얘기고,

누구도 사랑하지 않겠다는 건
더 이상 나를 사랑하지 않겠다는 얘기다

Blue

자신을 사랑하는 자세는

조금이나마 타인을 사랑할 능력이 있는

사람에게서만 발견할 수 있다

– 에리히 프롬,

『우리는 여전히 삶을 사랑하는가』 중에서

54.

한 번 의심을 품게 되면
모든 게 그렇게 보이기 마련이야
그건 위험 신호거든
그럴 땐 이렇게 되뇌어

'오셀로가 되면 안 돼!
도망치자!'

Blue

위험한 상상은 그 자체가 독약이지
처음에는 그 불쾌한 맛을 잘 알지 못하지만
혈액에 조금만 작용을 하게 되면
유황 광산처럼 불타오르지

– 윌리엄 셰익스피어,

『오셀로』 중에서

55.

너의 사랑이 부족해서야
라고 말했지만

사실은
나의 사랑이 부족해서야

너에게 하는 말은 결국

내가 나에게 하는 말이었어

56.

세상에서 가장 쉽고 빠른 방법을 두고
세상에서 가장 어렵고 느린 방법으로
너에게 마음을 전한다

Blue

언젠가는 너에게 닿을 수 있을까?

57.

그동안 내 마음 안에 살아줘서 고맙습니다

Blue

58.

어떠한 순간에도
품위를 잃지 않는 것

어떠한 순간에도
나와 멀어지지 않는 것

Blue

그렇게 똑똑한 말은 아무 의미가 없어

전혀 없지. 자기 자신에게서 멀어질 뿐이야

자신에게서 멀어지는 건 죄악이야

– 헤르만 헤세,

『데미안』 중에서

59.

내가 순수함을 잃지 않게 도와줘

Blue

라파엘로처럼 그리기 위해 4년이 걸렸다

그러나 어린아이처럼 그리기 위해서는

평생을 바쳐야 했다

– 파블로 피카소

봄의 판타지

햇살 가득 내려앉은 우리의 시간

수많은 기억들이 아름답게 보여

세상 하나뿐인 소중한 그대

사랑해요 영원히

어디선가 널 본 것만 같아

이건 아마도 나의 꿈속일까

상상조차 할 수 없었던

신비로운 비밀 이야기

봄이 오는 창가에 기대어

하늘빛으로 널 그리고 싶어

사랑이란 날개를 달고

하늘 높이 날아가고파

Blue

언제부터 시작된 걸까

보이지 않는 마법의 고리

꽃이 피고 계절이 바뀌어도

언제나 곁에 있을게

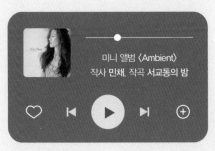

미니 앨범 〈Ambient〉
작사 민채, 작곡 서교동의 밤

60.

이 세상에서 풀리지 않는
무언가가 있다는 건
신비롭고 아름다운 일이야

Blue

61.

삶을 더욱 사랑하고 싶어
삶을 더욱 만끽하고 싶어

Blue

저요! 이 순간을 즐기기로 결심했어요

즐기기로 마음만 먹으면

대부분 즐겁게 생각할 수 있거든요!

– 루시 모드 몽고메리,

『빨강 머리 앤』 중에서

62.

그동안의 여행이 즐거웠다고
많은 걸 배웠다고
말할 수 있기를

이번에도 정말 고마웠다고
말하며
.
.
.

웃으며 떠날 수 있기를

Blue

책과 맥주 한 잔이면 충분해

220210_침대_책맥.mp4
1/1

05:51

공유　　　앨범에 추가　　　내려받기　　　삭제

63.

내가 정말 좋아하는 게 무엇인지
왜 그것이 좋은지를 알아가는 것

내가 어떤 인간인지 알아가는 과정

Blue

64.

내 삶에서 가치 없는 일이란 없다

Blue

하루하루를 진실로 충만하게 사는 행위

그것이 최고의 예술이다

– 헨리 데이비드 소로,

『월든』 중에서

라따따

거울 속의 나를 봐

길어진 머릴 자르고 싶어

얼마나 많을 것들을

내 안에 가득 담아두었었나

latatalalalala

latatalalalala

너는 긴 머리가 어울려

수없이 너에게 들었던 얘기

어느샌가 나도 모르게

너의 말에 갇혀 있었어

도대체 난 누구를 위해서

살아온 거야

Blue

latatalalalala

latatalalalala

깊은 잠에서 깨어

나의 마음속에 있는 소리를 들어봐

흐트러진 마음을 감싸 안을 때까지

이제서야 알았어

나를 가둬온 건 누구도 아닌 나란 걸

탁해진 내 마음을 모두 잘라낼 거야

싱글 앨범 〈라따따〉
작사, 작곡 민채

4월 30일

이별도 사랑이라면

2

True love

2

따뜻 - 했던 - 네 목 - 소리 - 아직 - 도 내 - 귓가 - 에 남아 - 있어 -

언제 - 라도 - 함께 - 하잔 - 그 말 - 난 기 - 억 하 - 는데 - - It was

True love_ don't be a fraid 이젠 내 손잡 - 아 줘 -

true love_ don't be a fraid 네 가 없 이 는 - 무엇 도

True love_ don't be a fraid 이젠 내 손잡 - 아 줘 -

True love___ don't be a fraid___

네 가 없 이 는 - 자신 이 없 어 - - I'll naver let_you go___

photo by yu」

그동안 내 마음 안에 살아줘서 고맙습니다

상상 속의 세상이 더 안전할지 몰라

적어도 그 안에서는 아프지 않을 테니까

photo by yu.

속도를 낮춰 천천히 걷는다
입가에 미소가 번졌다
'달콤한 슬픔을 만끽해볼까?'

그리움은 나의 원동력

우리의 사랑은 끝이 났지만
나의 사랑은 아직 끝나지 않았다

우리 어느 따스한 날에
햇살 좋은 날에 만나게 되면

너무 늦어서 미안하다는 말
하지 않기로 해

모든 것은 변한다는 사실만이

변하지 않는 진리다.

– 헤라클레이토스